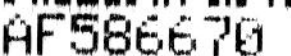

# LA
# PIPE CASSÉE,
## POÈME
### ÉPI-TRAGI-POISSARDI-HÉROÏ-COMIQUE.

suivi des

# DIALOGUES
## DU CARNAVAL.

(Vadé)

(12)

# LA PIPE CASSÉE,

## POÈME

ÉPI-TRAGI-POISSARDI-HÉROÏ-COMIQUE.

SUIVI DES

# DIALOGUES DU CARNAVAL.

MONTBÉLIARD,

LIBRAIRIE DE DECKHERR FRÈRES.

1842

La Jacquelaine réclamant ses trois yards à
Marée-Jeanne.

# LA PIPE CASSÉE.

## POÈME

### ÉPI-TRAGI-POISSARDI-HÉROÏ-COMIQUE.

---

## CHANT PREMIER.

JE chante sans crier bien haut,
Ni plus doucement qu'il ne faut,
La destruction de la Pipe
De l'infortuné la Tulipe.
On sait que sur le port aux Blés
Maints forts à bras sont rassemblés ;
L'un pour sur ses épaules larges,
Porter ballots, fardeaux ou charges ;
Celui-ci pour les débarquer,
Et l'autre enfin pour les marquer.
On sait, ou peut-être on ignore,
Que tous les jours avant l'aurore,
Ces beaux muguets à bran-de-vin
Vont chez la veuve Rabavin
Tremper leurs cœurs dans l'eau-de-vie

Et fumer s'ils en ont envie.
Un jour que se trouvant bien là,
Et que sur l'air du beau lanla,
Ils chantaient à tour de mâchoire
Maints et maints cantiques à boire ;
Que gueule fraiche et les pieds chauds,
Ils se fichaient de leurs bachots,
Sans réfléchir qu'un jour ouvrable
N'était point fait pour tenir table,
Hélas ! la femme de l'un d'eux,
Trouble-plaisir et boute-feux,
Arrive et retrousse ses manches,
Déjà ses poings sur ses hanches,
Plus de chanson, chacun est sot.
Jean-Louis, que ceci regarde,
Veut apaiser sa femme hagarde,
Mais en vain est-on complaisant
Avec un esprit malfaisant.
« Tiens, lui dit-il ; bois une goutte.
Va-t-en, chien, que l'aze te f....,
Lui dit-elle en levant un bras.
Saquargué ! tu me le paieras : »
Et bravement vous lui détache
Un coup de poing sur la moustache.
Jérôme lui saisit les mains,
Dont les jeux étaient inhumains.
» La paix, dit-il ; morgué ! comère,
Vous avez tort. Allez, compère,
Vous ne valez pas mieux que lui :
Vraiment, ce n'est pas d'aujourd'hui
Qu'on vous connaît, gueux que vous êtes
A votre avis, les jours de fêtes
N'arrivent-ils pas assez tôt ?
Jarni ! si je prends mon sabot,
Je vous en torcherai la gueule !

Puis-je gagner assez moi seule
Pour nourrir quatre chiens d'enfans
Qui mangeont comme des satans ?
Et ma fille qu'est en nourrice,
La pauvre enfant, Dieu la bénisse !
Un jour elle aura bien du mal.
Tu me réduis à l'hôpital.
Jérôme, lâche-moi, j'enrage.
Ah ! tu vas voir un bon ménage !
Va, sac à vin, crêve, maudit. »
A peine eût-elle ceci dit,
Qu'on vit renforcer l'ambassade
D'un duo femelle et maussade.
Jérôme voyant sa moitié,
Rit à l'envers, frappe du pied,
La Tulipe avisant la sienne,
Montée en belle et bonne chienne,
Eût mieux aimé voir un serpent,
Ou le beau fils * qui rompt et pend
Ceux qui point dans leurs lits ne meurent.
Enfin tous interdits demeurent
Dans un silence furieux.
L'une écrase l'autre des yeux ;
Mais la grosse et rouge Nicole,
Recouvrant enfin la parole,
Ainsi que les gestes mignards,
Dit ces mots en termes poissards :
Vous v'là donc, tableaux de la Grêve ;
Dieu me pardonne et qu'il vous crêve !
Saint Cartouche est votre patron.
Françoise, tiens bien mon chaudron.
Allons, vilain coulis d'emplâtre,
Un diable et puis vous trois font quatre.

* Le bourreau.

Marionnettes du pilori,
Reste de farcin mal guéri,
Enfans trouvés dans de la paille,
Sans nous vous faites donc ripaille,
Visages à faire des culs,
Et trop heureux d'être cocus...
Cocus ! interrompit Françoise ;
Nicole, ne cherchons pas noise :
Si ton chien d'homme est dans le cas,
Tant pis ! mais le mien ne l'est pas.
Il l'est... T'as menti... Qui, moi ? paffe !
Un soufflet. Même pataraffe
Est ripostée. Autres soufflets,
Autres rendus. Adieu bonnets ;
Fichus de suivre la coiffure,
Tétons bleus, rousse chevelure,
De se montrer aux spectateurs.
Le feu, la rage au lieu de pleurs,
Sortent des yeux de chaque actrice ;
Et dans ce galant exercice,
Elles allaient enfin périr,
Si, forcé de les secourir,
On ne l'eût fait. Jean se dépêche
De puiser un beau seau d'eau fraîche ;
Et de nos braves s'approchant,
Les tranquillise en leur lâchant
Le tout à travers les oreilles.
On but beaucoup par là-dessus,
Et bientôt il n'y parut plus ;
Les voilà d'accord. La paix faite,
Jean-Louis chante et l'on répète :
Or, voici que l'on chanta,
Et ce que chacun répéta.

*Chanson de Manon Giroux.*

Queu qui veut savoir l'histoire
De Manon Giroux ?
J' l'ont encor dans la mémoire,
Y accourez trétous ;
All' n'est pas guère à sa gloire,
Mais dam', voyez-vous,
C'est quand on z'aim' tant à boire,
C'est plus fort que nous.
Pour entrer dans la maquière,
Faut savoir d'abord
Qu'alle a fait long-temps la fière
Le soir sur le port :
Les messieurs de not' barrière
D'sous l'bras la prenant,
Alle en avait par derrière,
Et pis par devant.
Bachot de la Grenouillère,
S' croyait son futur,
On l'avait fait son compère
Pour qu'çà fût plus sûr ;
Manon faisant la zhupée
Comm' quand on za d'quoi,
Dit : I m'faut un homm' d'épée,
N' pensez plus à moi.
Bachot de la parférence
Piqué comme un chien,
Pour afin d'avoir vengeance,
Fait semblant de rien :
Man'zelle, n'y a pas de réplique,
Dit-il, mais demain
Quittons-nous, comme ça s'pratique,
Le verre à la main.
Ah ! vraiment, Monsieur, c'est juste,

Drès demain c'est fait.
Mau'zelle Giroux s'ajuste,
Met son mantelet;
Bachot itou s'endimanche,
Prenant Cornichon,
Tous trois vont casser l'éclanche
Au premier bouchon.
V'là qu'pendant qu'Manon chopine
Cornichon qui part,
Vers les commis s'achemine
Tout comme un mouchard;
Gn'a, dit-il, une marchande,
Messieux, t'ici près;
All' a de la contrebande,
Tout plein de paquets.
Bachot versant à sa belle
Toujours queuques coups,
L'amuse à d'la bagatelle
Autour des genoux.
D'abord son œil elle roule;
Dam', lui qui voit ça,
Dit: sus vot' respect, ma poule,
Faut passer par là.
Elle avait sa cornette
Encor de travers,
V'là les commis en cad'nette
Et z'en habits verts;
Tout un chacun de surprise
Tumbit de son haut,
De voir Manon Giroux grise,
C' qu'est un grand défaut.
Quoi, c'est vous, mademoiselle,
Dit l'un d'ces messieux!
Vraimant vot' partie est belle,
Fi! qu'ça est zhonteux

Est-ce ainsi qu'on se coporte !
C'est bon t'à savoir ;
Puis tous ils ferment la porte,
Lui fichant l' bon soir.

Vous que cet exemple touche,
Ca vous fait bien voir
Que fille qu'est sus sa bouche
Manque à son devoir.
Et par cette historiette
On z'est convaincu,
Qu'il ne faut pas que l'on pette
Plus haut que le cu.
Alle est drôle, dit la Tulipe,
En bourrant de tabac sa pipe ;
Mais buvons t'un coup... C'est bien dit,
Si gn'en avait... J'avons crédit.
C'est, dit Jérôme, pas la peine ;
Allons achever la semaine ;
C'est demain dimanche, j'irons
Entendr' vêpres aux Porcherons.

## CHANT II.

oir Paris sans voir la Courtille,
Où le peuple joyeux fourmille,
Sans fréquenter les Porcherons,
Le rendez-vous des bons lurons,
C'est voir Rome sans voir le Pape.

Aussi ceux à qui rien n'échappe,
Quittent souvent le Luxembourg,
Pour jouir dans quelque faubourg
Du spectacle de la Guinguette.

Courtille, Porcherons, Villette,
C'est chez vous que puisant ces vers,
Je trouve des tableaux divers;
Tableaux vivans où la nature
Peint le grossier en miniature;
C'est là que plus d'un Apollon,
Martyrisant le violon,
Jure tout haut sur une corde;
Et d'accord avec la discorde,
Seconde les rauques gosiers
Des faraux de tous les quartiers.

C'est aussi là qu'un beau dimanche,
La Tulipe en chemise blanche,
Jean-Louis en chapeau bordé,
Et Jérôme en toupé cardé,
Chacun d'eux suivi de sa femme,
A l'image de Notre-Dame,
Firent un ample gueleton.
Sur table un dur dodu dindon,
Vieux comme trois, cuit comme quatre,
Sur qui l'appétit doit s'ébattre,
Est servi, coupé, dépécé,
Taillé, rogné, cassé, saucé.
Alors toute la troupe mange
Comme un diable, et boit comme un ange

« A ta santé, toi. Grand merci.
J'allons boire à la tienne aussi.
Eh! Françoise, eh! tiens, si tu l'aime,

Prends le pilon... Prends-le toi-même,
Chacun peut beu prendre à son goût:
En v'là très-bien, et si v'là tout,
Avons-je pas une salade?
Non, non, ça te rendrait malade...
C' n'est que quinz' sous... c'en est ben vingt.

Qui nous vaudront deux pots de vin;
Pour six une grosse volaille,
Est autant qu'il faut de mangeaille,
Pas vrai, Jean-Louis? Réponds-donc!
Pas vrai qu'au lieur... Oui, t'as raison;
Mais varse-nous toujours t'a boire,
Et vraiment, ma commère Voire,
E vraiment, ma... varse tout plein...
Il semble que tu nous le plain...
Moi! mon guieu non; ben du contraire;
C'est que tu hausse en haut ton verre.
J'ai tort. Avons-je du vin? Non.
Parlez donc, monsieux le garçon,
Apportez du pivois, eh! vite. »

Aussitôt la parole dite,
On renouvelle l'abreuvoir;
C'est alors qu'il faisait beau voir
Cette troupe heureuse et rustique,
S'égayer dans un choc bachique.
Vous courtisans, vous grands seigneurs,
Avec tous vos biens, vos honneurs,
Dans vos fêtes je vous défie
De mener plus joyeuse vie.
Vos plaisirs vains et préparés
Peuvent-ils être comparés
A ceux dont mes héros s'enivrent?
Sans soins, sans remords, ils s'y livrent:

Mais vous, prétendus délicats,
Dans vos magnifiques repas,
Esclaves de la complaisance,
Et gênés au sein de l'aisance,
Prétendez-vous savoir jouir ?
Non, vous ne savez qu'éblouir.
Avec vos rangs, vos noms, vos titres,
Vous croyez être nos arbitres;
Pauvres gens, vos faibles lueurs
N'en imposent qu'à vos flatteurs;
Votre orgueil nourrit leur bassesse;
Toujours une vapeur épaisse
Sort de leur encens empesté,
Et vous masque la vérité.
Il est un prince qu'on révère,
Pour qui l'univers est sincère,
Qu'on aime sans espérer rien.
Qui ? c'est votre maître et le mien;
Demandez son nom à la gloire;
C'est assez dit: parlons de boire.

Cependant las de godailler,
Nos riboteurs veulent payer;
Pour payer demandent la carte,
Et par-dessus un jeu de carte.
Sitôt parlé, sitôt servis;
Mais, dit Nicole, à votre avis,
Combien avons-je de dépense,
Monsieux? lisez-nous s'te sentence;
Le total, oui, cinquante sous....
Cinquante sous! je vous en fous;
C'est trop cher... C'est trop cher, Madame!
Je veux que le diable ait mon âme,
Si je ne vous fais bon marché...
« Allez, monsieur le débauché,

Vous serez content de la bande :
Adieu, morceau de contrebande. »
La même table qui servit
D'autel à leur rude appétit,
Sans choix fut à l'instant choisie
Pour leur servir de tabagie.
C'est là que le trio d'époux,
Du hasard éprouvant les coups,
Gobait goujon, couleuvre, anguille,
En jouant à la biscombille,
Un contre un, écot contre écot,
Tandis que Nicole et Margot
Faisaient compliment à Françoise
Sur son casaquin de siamoise,
Afin que Françoise à son tour
Civilisât leur propre amour ;
Propre amour ! le terme est impropre...
Pour bien dire, on dit amour-propre...
Soit, je ne veux pas disputer.
Mon but n'est que de raconter.
Mais revenons à notre histoire ;
A la réponse que faisait
Françoise, à ce qu'on lui disait.
« Mon casaquin, leur répond-elle,
Vaut bien ce chiffon de dentelle
Qui vous entoure le cerviau
C'est comme une fraise de viau ;
Tous ces plis qui sont sur ta tête...
Tu raisonnes comme une bête,
Lui dit Nicole, et pour un peu,
Françoise, tu varrais beau jeu.
Je te louons sur ta parure,
Et tu prends ça pour une injure !
T'as tort... mais tort, vante-t'-en-zen ;
Garde ton casaquin de bran,

Ou mange-le, que nous importe !
Il est à toi, car tu le portes,
Et not' garniture est à nous.
Quoi ! dit Margot, vous fâchez-vous !
Queu chien de train ! Tiens, toi, Françoise,
T'as toujours eu l'âme surnoise ;
Ton esprit surpasse en noirceur
L'trésorier de Notre Seigneur.
Tais-toi, n' m'échauffe pas, Nicole ;
Autrement, tiens, moi, je t'accole....
Toi, m'accoler ! ah ! je te crains.
Milguieux ! si je te prends aux crains !
Tiens, veux-tu voir ?... Oui, voyons, touche !
Mais touche donc... tu t'effarouches.
Gueuse à crapauds, coffre à graillon,
Tu te pâmes... vite, un bouillon :
La v'là couleur de sucre d'orge,
L'onguent gris li monte à la gorge ;
Ses beaux yeux bleus devenont blancs.
V'là comme tu fais des semblans,
Quand ton croc veut que tu partages
Avec li ton vilain gagnage. »

A ces mots, Françoise pâlit,
L'ardeur de vaincre le saisit,
Et d'un effort épouvantable,
Elle arrache un pied de la table,
Qui d'un bout, tombant en sursaut,
Va chercher à terre un trétau.
De ce coup les cartes sautèrent,
Nos joueurs transis se levèrent ;
Mais se levèrent assez tôt
Pour sauver la pauvre Margot
Du coup qui menaçait sa vie ;
Françoise la suit en furie ;

« Je veux, dit-elle, me venger,
A votre barbe la manger.
Comment! qui, moi, j'aurai la honte
De voir qu'à mon nez on m'affronte!
Ah! j'y perdrais plutôt mon cœur,
Mon c..., ma gorge, mon honneur.
Te v'là donc, chienne! Otez-vous, gare! »
Elle frappe: Jean-Louis pare
D'une main, de l'autre il surprend
Le bâton. et Jérôme prend
A brasse-corps notre harpie:
« Françoise, dit-il, je t'en prie,
Laisse ça là. Venons-je-ici
Pour nous battre? Que diable aussi,
Tu veux toujours gouayer les autres,
Et pis ils t'enverront aux piautres;
Chacun son tour, ça, finissons;
Je te prends pour danser, dansons.
Prends Nicole, toi, la Tulipe,
Quitte pour un moment ta pipe;
Morgué! tu fumeras tantôt;
Et toi, Jérôme, prends Margot.
Stella des trois qui la première
Aura d'la mauvaise magnière,
J' l'écraserons, alle verra,
Ou le diable m'écrasera.
Monsieu le marchand de cadence,
Vendez-nous une contredance,
Sur l'air d'un nouveau cotillon. »

Soudain il sort du violon,
Qui par sa forme singulière
Avait l'air d'une souricière,
Des sons que les plus fermes rats
Auraient pris pour des cris de chats.

Aprés la belle révérence,
On part en rond, chacun s'élance,
Saute et retombe avec grand bruit :
Sous leurs pieds la terre gémit.
La haine de Margot la fière,
S'envole parmi la poussière.
Françoise n'est plus en courroux,
Ses yeux ont un éclat plus doux,
Nicole n'a plus de rancune :
La paix entr'eux devient commune ;
Même on les vit s'entre-baiser,
Quand ils furent saoûls de danser.

L'heure de retourner au gîte
Venant pour eux un peu trop vite,
Il fallut payer sur-le-champ,
Et, comme on dit, ficher le camp ;
C'est, sans dire adieu, ce qu'ils firent,
Et de trés-bonne humeur sortirent.
Tous six se tenant sous le bras,
Allaient plus vite que le pas.

Pour moi, je pris une autre route,
En m'acheminant sans voir goutte,
J'arrivai chez moi plus tôt qu'eux,
Tête pleine et le ventre creux.

## CHANT III.

E travail, les soins et la peine,
Furent faits pour la gent humaine :
Il est des travaux différens,
Selon les états et les rangs.
Tout le monde ne peut pas naître
Prince, marquis, richard ou maître ;
Mais chacun vit de son métier ;
Vive celui du maltôtier !
C'est où la bizarre fortune,
En suant roule la pécune,
A la barbe des pauvres gens.
Serons-nous toujours indigens,
Nous dont les labeurs d'une année
N'acquitteraient point la journée
Qu'un sous-traitant passe à dormir ?
Espérons tout de l'avenir.
Mais en attendant qu'il nous vienne
Un sort heureux qui nous maintienne
Dans un état toujours oisif,
Il faut, moi, que d'un air pensif,
Je cherche et trouve par ma plume,
Le tabac que toujours je fume ;
Car non content d'être rimeur,
J'ai le talent d'être fumeur.
Il faut pour la paix du ménage,
Que Jean-Louis se mette en nage,

En travaillant au bois flotté;
Que Jérôme, de son côté,
Comme la Tulipe d'un autre,
Suivant les lois du Saint-Apôtre,
Aillent chrétiennement chercher
De quoi dîner, souper, coucher;
Que leurs femmes laborieuses,
De vieux chapeaux fières crieuses,
En gueulant arpentent Paris,
Pour aider leurs pauvres maris.

Lorsque leur ange tutélaire
Les conduit vers un inventaire,
Pour elles, c'est un coup du ciel.
Un jour sur le pont Saint-Michel
Il s'en fit un. Elles s'y rendent.
En arrivant elles entendent:
A vingt sous la table de bois!
Une fois, deux fois, et trois fois;
Adjugez. « Qui donc qu'on adjuge?
Tout doucement, monsieur le juge,
Dit Nicole, je mets deux sous...
Par dessus?... Où donc? par dessous?
Tiens, veut-il pas gouayer le monde?
C'est dommage qu'on ne le tonde,
Car ses cheveux sont d'un beau blond.

La mère, vous en savez long,
Dit l'huissier, emportez la table.
Hé mais, vraiment, monsieu capable,
Reprend Margot, chacun pour soi.

Hé, par la saguergué, tais-toi,
Dit Françoise en haussant l'épaule.
Laisse monsieu jouer son rôle,

Vas-tu gueuler jusqu'à demain ?
Notre maître, allez votre train ! »

Soudain meubles de toute espèce,
Furent vendus pièce par pièce ;
Mais notez que chaque achetant
Recevait son paquet comptant
De la part de nos trois commères.
Quiconque poussait les enchères
Un peu haut était empoigné
Et s'en allait le nez cogné.
Témoin une jeune fringuante,
En mantelet, robe volante,
En bonnet à grand pavillon,
Qui la dansa, mais tout du long.
Ce fait vaut bien qu'on les distingue ;
C'est à propos d'une seringue,
Qui, par elle mise hors de prix,
De Françoise excita les cris.

« C'est pour vous, gardez-la, dit-elle ;
Hé ! Margot, vois donc s'te d'moiselle !
Sa figure a, ma foi, bon air ;
C'est un p'tit chef-d'œuvre de chair !
Parlez donc, la belle marchande,
C'est-y pour laver votre viande
Que vous emportez ce bijou ?
Vous vous récurez plus d'un trou.

Vous êtes une impertinente,
Dit la demoiselle tremblante ;
Cessez un propos clandestin,
Allez. J' n'entendons pas l' latin,
La belle ; clandestin vous-même,
Avec son visage à la crême,
Et puis ses beaux yeux mitonnés !

Qu'est noir, mon guieu, c'est une mouche.
Allez, qu'un cent d'Suisses vous bouche.
Pour le coup mon chien de poulet,
C'est bien la mouche dans du lait.
Quoi, vous vous en allez, ma reine!
Adieu, belle ange. Ah! la vilaine,
Qui donne à téter à son cu.
Allez, seringue... Y penses-tu,
Dit margot? veux-tu bien te taire,
Gueule de chien, v'là l' commissaire.
Ca! tu gouayes, c'est un abbé.
Pargué, va, le v'là ben tombé,
S'il vient pour nous ficher la gance.

Mesdames, un peu de silence.
Leur dit modestement l'huissier.
Ensuite il se met à crier
Un jupon d'étamine noire,
Qu'on prit d'abord pour de la moire,
Tant les taches l'avaient ondé.
Margot l'ayant bien regardé,
Passe d'un sou. On le lui laisse.
Soudain l'abbé fendant la presse,
Suroffre de dix-huit deniers.
« Bon, les offrez-vous tout entiers,
Dit Margot faisant la grimace?
Par ma foi, monsieux Boniface,
Quand vous auriez quatre rabats,
V'là l' jupon, mais vous n' l'aurez pas;
Vot' mantiau tombe par filandre;
Au lieu d'acheter, faut vous vendre.
T'nez, rapportez-vous-en à nous:
A six blancs l'abbé de deux sous,
Le veux-tu prendre, toi, Nicole?
Qui, moi, je serais doncques folle,

Je perdrions moitié dessus,
Françoise, et toi?... Ni moi non plus;
Tu le gard'ras, toi, je parie;
Moi? j'n'avons pas d' ménagerie;
Qu'en ferons-je donc? Dame, voi...
Vois toi-même, allons parle... Moi...
J'en fais un heurtoir * de grand'porte...
Et moi, que le diable l'emporte,
Il en fera son aumônier. »

L'abbé penaut comme un panier,
Dit : vous êtes des harangères;
Finissez, trio de mégères...
« Ménagères, quand je voulons.
Avec ses souliers sans talons,
Le v'là dans un bel équipage,
Pour parler de notre ménage!
C'est vrai, quoiqu'il vient nous prêcher!
Ne t'avise pas d'approcher,
Car le diable me caracole,
Si je ne t'applique une gnole,
Qui tiendrait chaud à ton grouin;
Diable de perroquet à foin,
Mousquetaire de Piquepuces,
Jardin à poux, grenier à puces! »

Elles l'auraient mangé si l'on
N'eût remis la vacation
A deux heures de relevée;
Ce n'était là qu'une corvée
Pour nos trois femelles. Aussi,
En revanche, l'après-midi,
Maints effets elles achetèrent,

* Figure hideuse à laquelle est attaché le marteau.

Puis chez elles s'en retournèrent,
Où leurs trois maris cependant
Chopinaient en les attendant.

Les nippes sur tables posées,
Et les commères reposées,
Il fallut vider ou lotir ;
Cela veut dire répartir
L'achat des meubles fait entr'elles.
Bon sujet à bonnes querelles.
Margot déjà commence par
Sauter sur la meilleure part ;
C'était un rideau de fenêtre.
Tu laisseras ça là peut-être,
Dit Françoise, ou ben j'allons voir.
Nicole, qui le veut avoir
Aussi bien que ses deux compagnes,
Dit : « Tu le vois et tu le magnes ;
Mais v'là qu'est ben, restes-en là...
Oui, toi, chandière à cervela !
S'te vieille allumette sans soufre :
Mon guieu, v'là qu'alle ouvre son gouffre !
Prenez garde, all' va m'avaler...
Vas, tu fais ben de reculer,
Dit Margot, contre ton chien d'homme ;
Car sans ça, tiens, tu verrais comme
J'équiperions ton cuir bouilli,
Cadavre à moitié démoli,
Va poivrière de Saint-Côme,
Je me fiche de ton Jérôme. »
Alors sautant sur le rideau,
Elle en arrache un grand lambeau ;
Françoise de son côté tire,
Et tire tant qu'elle déchire
Même portion que Margot ;

Nicole eut le troisième lot,
Non sans vouloir faire le diable ;
Mais Jean-Louis d'un air affable,
Voulant apaiser le débat,
Leur dit : « Saqueurgué, queu sabat !
Tiens, femme, agonise ta goule !
Crois-moi, milguieux, si t'étais saoûle,
J'dirais : Eh ben ! c'est qu'alle a bu.
Finis donc : un chien qu'est mordu,
Mord l'autre itou, coûte que coûte. »
A ce conseil Jérôme ajoute
Son avis, dit-il, écoutez :
« Pour un rien vous vous argottez.
Quoi qui vous met tant en colère ?
Des gu'nilles ! v'là ce qui faut faire,
Faut les solir * cheux l' tapissier,
Et puis partager le poussier. **

Copère, interrompt la Tulipe,
Je donnerais quasi ma pipe,
Pour être comme toi ch'nument
Retors dans le capablement :
Tu dis ben, faut faire s'te vente,
Et drés demain, dà, je m'en vante ;
Ou bien, moi je fiche à voyau
Les pots, les chenets, le rideau,
Le lit, les femmes et la chambre. »
Lors tremblantes en chaque membre,
Elles firent ce qu'on voulut,
Et puis, qui voulut boire, but.

---

* Vendre.

** L'argent.

## CHANT IV.

OMAINS, qu'êtes-vous devenus,
Vous à qui les mœurs, les vertus,
Servirent long-temps de parure ?
Amis de la simple nature,
Le luxe, idole de Paris,
Etait l'objet de vos mépris;
Votre sagesse sans limite
Ne mesurait point le mérite
Au vain éclat de l'ornement ;
Et vous saviez également
Faire rougir ceux qui sans place,
Sans dignités, avaient l'audace
De ressembler, par leur éclat,
A ceux qui gouvernent l'Etat.
Mais ici, quelle différence !
On n'estime que l'apparence ;
Et c'est ce qui cause l'abus
Des états, des rangs confondus;
C'est ce qui cause que Françoise,
Pour avoir l'air d'une bourgeoise,
Vient de se donner un jupon
De satin rayé sur coton ;
Que Margot vient de faire emplette
D'une croix d'or d'une grisette ;
Et que Nicole s'endettant,
Vient à peu près d'en faire autant.
Mais je les trouve pardonnables,

Leurs dépenses sont convenables
Au motif de leur vanité,
Qu'on doit prendre du bon côté:
La noce de Manon-la-Grippe,
Propre niéce de la Tulipe,
Cousine de Jérôme, et puis
Fillenle de Jean-Louis,
Mérite bien que la famille,
Pour lui faire honneur, fringue et brille.
Mais avant les plaisirs fringuans,
On introduit chez les parens
Le futur avec la future,
Et l'on parle avant de conclure.

« Ma gniéce, dit Françoise, eh bien!
Et vous, mon n'veu (car vous s'rez l'mien),
Vous vous mariez, ca me semble,
Pour afin d'être joints ensemble;
Ca nous fera ben de l'honneur!
Vous paraissez bon travayeur,
Et ma gniéce est une vivante
Qui sait se magner... Ah! ma tante,
Vous avez ben de la bonté...
Non, foi de femme, en vérité!
Vas, j'te connais, t'as du ménage;
Et c'est c'qu'il faut pour l'mariage.
Dame, quand t'auras des enfans,
Pour qu'ils soient honnêtes gens,
Devant eux faudra pas se battre,
Jurer, ni boire comme quatre,
Ni riboter aveuq st'ici,
Pour faire enrager ton mari.
Tu m'entends ben, pas vrai?.. -- Sans doute,
Dit Manon, et si j' vous écoute,
Ma foi, c'est que je le veux bien.

Avec vos beaux sermons de chien.
Semble-t'y pas qu'on vous ressemble?
Allez, quand on za peur on tremble...

Quoi, dit la tante, cul crotté,
T'as ben de la glorieuseté!
Tu n'es qu'une petite gueuse!
Ta mère était une voleuse,
Et ton père un croc. Parle donc,
Dit Margot, diable de guenon,
Défunts mon cousin, ma cousine,
Etions près de toi d' la farine,
Creuset à malédiction!
T'as donc l'enfer en pension
Dans ta chienne d'âme pourrie?
Vieille anguille de la voirie!
Guenipe... Moi, guenipe, moi!
Margot, mon p'tit cœur, bon pour toi;
Guenipe est le nom qu'on te garde.
J' n'avons pas de fille bâtarde,
Et flatte-toi qu'un souteneur
N'a pas trempé dans notre honneur;
Mouches-toi, va, car t'es morveuse! »
A ces mots, Margot furieuse,
Grinçant les dents, roulant les yeux,
Lève un poing; mais entr'elles deux
Nicole adroitement se jette:
« Allez, que l'diable vous vergette,
Leur dit-elle en les séparant. »
Mais Margot en se rapprochant,
Allonge et lève une main croche...
A mesure qu'elle s'approche,
Nicole en riant la retient.
« Margot, est-ce que ça convient
Un jour d' noce? c'est inutile.

Allons, r'mets-toi dans ton tranquille,
T'es brave femme, on sait ben ça. »
Ce mot de brave l'apaisa,
Même elle promit à Nicole
D'oublier tout, et tint parole.
Sur-le-champ on vint avertir
Qu'il était heure de partir.
On partit, et la compagnie
A la belle cérémonie
Assista très-dévotement.
Le notaire et le sacrement
Ayant autorisé la fille
D'être femme et d'avoir famille,
Et George d'être son époux,
Toute la bande au Pont-aux-Choux
S'en va sans prendre de carrosse;
C'est pourtant le beau d'une noce,
Mais quand le moyen est petit,
Et que l'on a grand appétit,
Il faut se passer d'équipage.
On arrive donc. Grand tapage,
Motivé par la bonne humeur,
Fait l'éloge de chaque acteur :
Sur la table une nappe grise
Est à l'instant proprement mise,
Et bientôt après le couvert.
« Monsieux, j'avons faim. » On les sert.
Les deux époux, suivant l'usage,
Sont placés au plus haut étage :
« Allons, Margot, tiens, passe, toi.
Moi ! quand t'auras passé. — Pourquoi ? —
Pourquoi ! parce que t'es la tante.
Jérôme qui s'impatiente,
Pour les faire cesser leur dit :
Morgué ! tout ça se refroidit.

Asseyez-vous donc, queux magnières !
Vous faut-il pas ben des prières
Pour vous faire assir ? — Mon guieu non,
Nous y v'là-t-il pas ? — Ah ! bon donc. »

On s'assied. Le vin, la bombance
Leur impose un joyeux silence ;
Personne ne sert, chacun prend
Au plat, et chaque coup de dent
Est enfoncé jusqu'à la garde ;
L'une se jette sur la harde,
L'autre sur le cochon de lait,
Tandis que d'un fort gras poulet,
Margot ne fait que trois bouchées ;
Ses manchettes toutes tachées
Par la graisse qu'on voit dessus,
Semblent des manchettes au jus.
Nicole à qui le gosier bouffe,
Dit : « Varse à boire, car j'étouffe.
Hé ! pargué, dit Margot, prends-en ;
J'aim'rais autant être au carcan
Qu'auprès de toi ; car tu me saoûle. —
Eh ! va-t'en aux chiens, vilain moule,
As-tu pas peur qu'pendant c' temps-là,
On n' mange ton manger que v'là ?
Mais voyez s'te diable de gueule !
T'es bonne, mais c'est pour toi seule ;
Car tu sais la civilité
Comme un chien. A votre santé,
Monsieux, madame la mariée...
Ben obligé. Ben obligée. »
Les santés de r'chef d' tous côtés
Sont à rasades ripostées ;
Chacun crie à fendre la tête.
Françoise, qui toujours est prête

A faire entendre son caquet,
Veut crier plus haut : un hoquet
Lui coupe soudain la parole.
Il redouble. « Oh ! lui dit Nicole,
Ne nous dégueule pas au nez.
Alors Jérôme lui dit : T'nez,
Pour qu'ça passe buvez, comère ;
C'est l' droit du jeu. — Hé ben, copère,
A cause d'ça trinquons nous deux,
Voulez-vous ? Pargué, si je l' veux !
J' vous d' mande si ça s' demande ?
Puisque je n'avons pus de viande,
Buvons d'autant. Hé ! Jean-Louis,
A boire. Buvons, mes amis.
Ah ! dit Nicole, ça rappelle
Note noce ; alle était ben belle !
T'en souviens-tu, Jean-Louis — Qu'trop !
Qu'un diable t'emporte au galop ;
Que trop ! voyez c'vieux cocodille !
Ah ! l' beau meuble ! quand j'étais fille,
Il v'nait cheux nous faire l' calin ;
T'es ben heureux, double vilain,
D' m'avoir, car sans ça la misère
Aurait été ta cuisinière. »
Au milieu du bruit qui se fait,
La Tulipe avint son briquet,
Le bat en alongeant sa lipe,
Les écoute et fume sa pipe.
Nicole poursuit son aigreur ;
Son homme en rit de tout son cœur,
Ce rire insultant la désole :
« Ah ! tu ris donc ! ris, belle idole :
T'as raison, oui, ris ; va, chien,
Sur mon honneur, prends garde au tien.
Simone dit : Quoi qu'tu t'tourmente ?

Vas, t'es ben impatientante
De v'nir comme ça nous ahurir.
Finis... Moi? je n' veux pas finir.
Mais voyez un peu s'te Simone!
L'ordre me plaît, mais quand je l' donne.
Oh! dit Jérôme, point d'chagrin.
Aussi bien, v'là monsieux Crin-crin, *
D'la joie! Allons, père la Fève,
Râclez-nous ça. » Chacun se lève
Et veut danser. Le couple heureux,
D'un air tristement amoureux,
Demande un menuet et danse
Parfaitement hors de cadence.
Le marié triplant le pas,
Ne sait que faire de ses bras;
Gestes, maintien, tout l'embarrasse.
Son épouse, avec même grâce,
D'un air légèrement balourd,
Traîne le pied et tourne court.
Soit qu'elle fût timide ou fière,
Elle n'osait pas la première
A son danseur donner la main;
Et même jusqu'au lendemain
Elle eût occupé le spectacle,
Si sa tante, d'un ton d'oracle,
N'eût dit: Ma gnièce l'aime long;
C'est-il pour vous seuls le violon?
Dam', c'est que vous n'avez qu'à dire?
Croyez-vous qu' j'ons des pieds de cire! »
A ces mots le couple interdit,
Finit par faire place à huit.
Une joie épaisse et bruyante,
En les fatiguant les enchante.

---

* Le violon.

Tout allait bien, quand les faraux,
Sur l'oreille ayant leurs chapeaux,
Canne en main, cheveux en béquilles,
Entrent sans façon ; et les drilles
Dansent sans en être priés.
D'abord l'oncle des mariés
S'oppose à leur effronterie.
« Vous n'êtes pas d' la copagnie,
Dit-il ; fichez l' camp sans fracas. —
J' voulons danser. — Ca n' sera pas.
Paix, l' violon. — Moi, j'veux qu'il joue.—
Si c'est vrai, que le diabl' me roue,
Dit Jérôme en gourmant l'un d'eux.
Celui-ci le prend aux cheveux.
Jean-Louis arrache la canne
Du second. Oh ! gueux, j' te trépanne!
Fli, flon. La Tulipe à l'instant,
Sans se gêner, toujours fumant,
En saisit un par la cravate.
Le courroux des femmes éclate,
Leurs ongles, leurs dents et leurs cris,
Secondent leurs braves maris.
L'horreur s'empare de la salle,
Et jamais à noce infernale
Il ne se fit un tel sabbat.
Enfin, dans le fort du combat,
Un coup lancé sur la Tulipe,
En cent morceaux brise sa pipe ;
De douleur il s'évanouit ;
Son vainqueur le croit mort, il fuit,
Aussi bien que ses camarades.
Françoise par ses embrassades,
Rappelle la Tulipe en vain ;
Il fallut dix verres de vin
Pour lui rendre la connaissance :

Il revient, un morne silence,
De longs soupirs, des yeux distraits,
Avant-coureurs de ses regrets,
Expriment sa triste pensée.
« Ma pipe, dit-il, est cassée !
Ma pipe est en bringue, mill' guieux !
Je l' vois ben, oui, je l'vois d'mes yeux !
Quand j'pense comme alle était noire !
N'y pensons plus, il faut mieux boire...
Pour l'oublier il se soûla,
Et la scène finit par là.

FIN DE LA PIPE CASSÉE.

# DIALOGUES

## DU CARNAVAL.

UN *Malin.* — Où vas-tu donc comme çà, cocher de hasard, avec ton équipage de pacotille?

*Le Cocher.* — Qui lui parle à ce faux malin; t'en as l'uniforme et v'là tout; les hommes font les habits, mais l'habit ne fait pas l'homme; tu n'es ni gros ni lourd, et si tu ne tais pas ta gueule, tu vas voir avec queu brosse je m'étrille.

*Le Malin.* — Toi, cocher de malheur! vois-tu ces bras-là, c'est de la bonne acier, et si tu fais l'insolent, tu vas voir comment je me mouche.

*Le Cocher.* — Va donc, malin de carnaval; je vois ben pourquoi tu m'attaques, c'est pour dégueuler ton catéchisme; eh ben ! commence, et tu verras si j'sommes dans le cas de t'répondre.

*Le Malin.* — M'entreprendre avec toi, cocher de fabrique, va apprendre à manier ton étrille, ruineux de loueux de voitures; ce serait trop d'honneur te faire, et comme je n'veux pas perdre mon temps davantage avec un garnement de ton espèce, continue à brouetter ta faignante compagnie, chacun dans sa circonférence.

*Une Poissarde.* — Ah ça ! dis donc, auras-tu bientôt fini ? d'où vient ton humeur taquine ? sus quelle herbe as-tu marché ce matin ? enfin à qui que t'en as et qu'est-ce qui t'a seringué un peu ?

*Le Malin.* — A coup sûr, ce n'est pas toi, créature du petit peuple ; j'n'irais pas à si mauvaise école.

*La Poissarde.* — Tiens, c'marpeau, n'dirait-on pas à l'entendre qu'c'est l'fils d'un duc et pair. Apprends, museau d' chien, que ne vient pas à mon école qui veut, et que pour être admis dans not' société, il faut savoir à qui que l'on tient.

*Le Malin.* — Pardine, v'là-t-il une belle société ! Ah ben ! j'te conseille de la vanter ! grâce aux p'lures qui vous couvrent vous trompez queuq's-uns ; mais j'vais vous faire connaître à l'estimable public qui m'entoure.

## A UN PIERROT.

Hé, Pierrot à la pâle figure, aux gros boutons, pitre de tireurs de cartes, amasseur de badauds, faiseur de dupes à la journée, qui donc que ton maître a dévalisé pour te fournir de quoi rouler en sapin ? Je gage qu'c'est encore un tour de ton métier ; c'est pour attraper le public et faciliter les moyens d'travailler à tes escrocs associés, car si, comme eux tu ne changes pas d'déguisement, c'est qu' t'as au poignet les marques de certains bracelets qui t'forcent à porter des manches aussi longues. Avec ta mine pâle et blême, t'as l'air d'un oiseau de carême ; tu t'mets du blanc d'Espagne sur la figure, pour te rendre méconnaissable à ceux qui t'ont vu sur le théâtre de la Cité. Mais t'as beau faire, tu n'échapp'ras pas au sort qui t'attend, mauvais ch'napan, et tu finiras ta chienne de vie autre part que dans ton ch'nil.

## A UNE MÈRE ANGOT.

T'nez, r'gardez donc c'te mère Angot, c'est comme une vache avec ses veaux, entourée de maquereaux et de poupées ;

d'ordures c'est un vrai trophée ; de tous les enfans qu'elle a pondus, eh ben ! pas un n'a atteint son but. Et, après avoir fait les cent coups, ell'vole maintenant les hommes saoûls. Jadis elle fut assez gentille, aujourd'hui ce n'est qu'une guenille, et malgré les habits antiques qui couvrent cette vieille bique, je gagerlons qu'un chiffonnier n'voudrait pas d'elle dans son panier.

### A UN SAVOYARD.

Parle donc, hé ! Savoyard, ces jours-ci sont-ils faits pour se promener? Queu métier qu'tu fais donc maintenant, on n' te voit plus sous les piliers, tu quittes l'éventaire pour prendre le râcloire, et de marchand sans honneur tu fais le ramoneur. Sous c'déguisement, t'as p'têt' plus de chalands ; comme les cordonniers d'campagne, tu chausses tes hommes et les femmes ; des boxons d'la Cité tu ramones toutes les cheminées, et d'la suie qui en provient, tu l'avales tous les matins. C'est y cette ample recette qui te rend si joliette, ou ben toute c'te peinture que t'as sur la figure? aussi, pour faire tomber ce biau teint, il ne faut pas être ben malin, car c'te beauté n'a pas de bail et au moyen d'une gousse d'ail, on verra ta vilaine face, et chacun fera la grimace; alors tout l' monde reconnaîtra c'te donneuse de nouvell' sà la main, qui a tué plus d'hommes pendant l'hiver, que tout's les gelées n'ont détruit d'vers. Va t'cacher, commode à tout usage, amuseuse d'enfans de tout âge, pilier de Paul Niquet, va-t'en pie sans caquet.

### A UN MARQUIS.

Dites donc, monsieu l'marquis, queu fête qu'c'est donc aujourd'hui? comme vous v'là pomponné! vos aîl' de pigeon sont-y bien frisées! ah! j'devine, vous allez voir vot' pouponne, vieux pénard, engeoleur de bonnes, quand finirez-vous, libertin, d'courir après les catins. C'est z'honteux à votre âge, d'êt' vicieux, si peu sage; encore c'vieux paillasson parl' t-il d'morale en action! Voilà comm' sont ces hypocrites, ces incarnés, ces âmes maudites. Tu d'vais bien t'corriger, après avoir été tant z'échaudé; car t'as beau t' parfumer, tu empoisonn' tous les nez. Vraiment elle a le cœur bon, celle qui écoute ta passion! Adieu! baromètre ambulant, gueule sans dents, dernier rejeton de la noblesse à Martin Firou; à fonds perdu va placer tes sous, sauve-toi, vieux matou.

### A UN TURC.

En voyant ce fier Musulman, on pourrait s'croire près des Balkans; rassure-toi promptement, beau sexe qui m'entend: le Turc que tu vois céant, ne l'est que par déguisement. Sa femme de deux jupons lui a fait un pantalon, de son grand châle un beau turban, et d'une camisole un riche dolman; mais c'qui choque tous les yeux; c'est d'voir not' Turc en bas bleus, sans cimeterre, poignard, ni dague, et ce qui est pire, sans blague. Aussi, avec lui n'ayant rien à faire, sur c't'olibrius j' vais me taire.

### A UNE BERGÈRE.

Il faut z'avouer, dicime gothon, qu'tas z'un fameux front, de t'montrer en phaéton d'vant les gens du bon ton. Sous ces dehors innocentins, vous voyez la plus grande catin qu'ait enfanté le pays latin. Fille de voleuse et d'arsouille, d'dans ses veines le vice grouille. D'vant vous elle fait la bétasse; méfiez-vous de c'te double face. A ces manières mijaurées on n'dirait pas que c'te poupée, à la Bourbe z'envoie un enfant tous les dix mois. Elle voudrait lui donner un père, mais dans l'doute elle ne peut l'faire, car elle sert d'amusement à messieurs les étudians. Voyez, dans c'te conjoncture, ce qu'est sa progéniture, et sans la grande maison, c'que devindraient ses rejetons. C'n'est pas tout encore, sachez que c'te pécore a z'un trou sous l'nez impossible à combler, tant sa large panse la porte à la gueulance; enfin, pour un dîné vous en ferez c'que vous voudrez, et vous vous en tirerez, ma foi, comme vous l'pourrez.

## A UN JEANNOT.

Qu'as-tu donc, mon pauvre Jocrisse? est-ce que tu as la jaunisse, ou bien reviens-tu du Simplon? t'as une vrai figure de passion. Ta perruque toute roussie nous dit qu'tu n'r'viens pas d'la Russie, et qu'dans un pays plus chaud t'as manqué d'y laisser ta peau. T'as p'têtre eu queuqu'mauvaise affaire dans le royaume de Bavière. Vrai, t'as l'air d'une bête; on dirait qu'tas perdu la tète, et si j'n'apercevais ta queue, j'te croirais passé au bleu; mais elle est toujours en trompette, comm' cell' d' not' p'tite finette. Qu'as-tu donc fait de c'te gaîté qui amusait les sociétés? Il faut qu'étant à Saint-Malo, tu l'aies laissé tomber dans l'eau. Autrefois, espiègle et malin, voilà ta ressemblance; maintenant couenne et serin, voilà la différence.

A UN PRINCE.

Dis donc, prince de Cahors, moitié chien, moitié porc, comme te v'là bichonné! c't'habit, ousque tu l'as volé? t'aurais ben dû, par la même occasion, prendre une tournure z'analogue à ta p'lure, de plus nobles manières qui ne sentent pas tant l'éventaire, des jambes moins torses, des genoux moins cagneux, enfin tout c'qui t'manque pour être mieux, car vraiment c'n'est pas pour médire, mais t'as l'air d'un prince du saint empire.

A UNE POISSARDE.

Hé, godeau! hé voleuse! lanterne à quatr' faces, poupée à r'ssort, c'est à toi que j'parle, entends-tu, belle poissarde; toi, dont l'poitrail ressemble à l'étalage d'une boutique à 15 sous; toutes tes plus belles pièces sont en montre, t'as ben soin d'cacher certain endroit ousque l'poinçon d'Paris y a z'été appliqué. Comben as-tu r'çu pour faire d'la joie publique? réponds donc, double bourique, paillasse à soldats, souillon de cabaret, morceau de morue ramassé sur un tas de boue, vieille pampine, arraignée de bastringue; gueuse à crapaud, vieille citadelle démolie, voleuse de garni, vestale de la Halle au blé, oignon pelé, on ne peut te regarder sans pleurer.

SCÈNES GROTESQUES.

*Un Apothicaire.* — Ma belle demoiselle, vous me paraissez bien échauffée, prenez garde de vous enrhumer, vous êtes déjà bien enrouée. Si vous aviez, par hasard, besoin de mon petit ministère, je vous réponds que c'est un excellent antidote contre les coliques bilieuses; vous n'avez qu'à parler, je suis prêt à vous l'administrer de la manière la plus habile.

*La Poissarde.* — Voyez-vous ça, monsieur Tirebile, limonadier des postérieurs, qui vend la mort dans ses liqueurs. Combien l'vends-tu, c'bouillon pointu? j'te l'paierons quand j' l'aurons rendu; entends-tu, vraie figure à bière, propre à parler à des derrières. Veux-tu te sauver, race de vipère, avec tes lunettes de travers, tu l'mettrais d'côté ton méchant clistère.

*Un Savetier.* — Eh, tiens, c'est Marie Malaisée ! n'dirait-on pas qu'c'est que'que chose, parce qu'elle a une robe neuve, sur son dos d'emprunt?

*La Poissarde.* — Tiens, c'restant d' galérien, n'dirait-on pas qu'il a d'la bile, avec ses jambes faites comme des quilles ; mais, voyez donc ce poupon d'enfer avec sa gueule de Lucifer.... Veux-tu t'sauver, vilain tout lait, avec ta figure de barbet.

*Une Ecaillère.* — Dis donc, mam'zelle Ripopée, avec ton gosier camphré, tu fais bien des embarras, comme si on n'te connaissait pas ; est-ce que t'as mal étrenné, qu'te v'là si fort enragée, mal peignée?

*Un Arlequin.* — Sangodémi ! qu'elle est zolie !.... Petite friponnette, si tu voulais m'aimer ze ferais ton bonheur.

*Une Poissarde.* — Moi ! t'aimer, vilaine araignée !.... Avec sa figure de carlin, n'dirait-on pas d'un vrai doguin ? Veux-tu t'cacher, vilain rouchi, tu r'viendras quand tu s'ras blanchi.

*L'Arlequin.* — Tout doux, tout doux, ma bonnette ! Ze veux te faire si heureuse, si heureuse que les fées seront zalouses de ton bonheur.

*La Poissarde.* — Mais l'voyez-vous, c'vilain sans cœur, s'il n'a pas l'air d'un vrai Chinois, avec son vilain minois, son habit tout bariolé, d'trente-six morceaux rapetassés? Veux-tu t'cacher, pestiféré, vilain bâtard de chiffonnier

*Un Chiffonnier.* — Que' qu'tas à dire des chiffonniers, vilain morceau mal accroché! Dis donc, mauvais restant de mann'quin, les chiffonniers n'te doivent rien; c'est toi qui leur dois tes tétons, car y sont tous bâtis de chiffons, vilaine paillasse à marmitons.

*La Poissarde.* — Voyez-vous, M. Cendrillon, avec son p'tit minois maron, s'y n'a pas l'air d'un vrai Cerbère; c'mauvais marchand d'lapins d'gouttière.... Va donc, vilain pilier de la Grève, tu seras riche si tous les chiens crèvent. T'as volé que' que marchande d'harengs pour monter ton établissement; va donc, figure de tabouret, j'tirons voir en face le palais. C'est là qu't'auras l'air mirliflor, Monsieu l'négociant z'en chiens morts: va donc vilain magot d'la Chine, t'as d'la boue jusqu'à l'échine.

*Le Chiffonnier.* — Va donc, mann'quin d'marchand d'vin; va-t'en donc faire la *tintin* avec tous tes vieux lapins.... Mais r'lâche-nous donc, Marie Graillon; avec tes tétons d'chiffons! y n'sont pas seulement z'égaux, il y manque un coup d' rabot.

*L'Ecaillère.* — Mais voyez donc c'te Margot, avec sa tête à Calot, c'beau restant du Pont-au Change. Vat-t-en donc, vilaine voirie, vierge de la rue de la Tannerie.

*La Poissarde.* — Voyez donc mam'zelle Chipie, avec ses huîtres pourries. C'est toi qui les a gâtées; *tu l'es* jusqu'au bout du nez. Sauve-toi donc, maudite carogne, vilaine volaille à ivrogne. C'est là le plus beau de ton métier, car, sans queuque mauvais miché qu'tu fais en buvant d'mistier, t'irais souvent t'coucher comme l' matin tu t'es l'véc.

*Un Sultan.* — S'il se trouvait dans mon sérail de pareilles odalisques, elles seraient bientôt empalées, j'en jure par l'Alcoran.

*La Poissarde.* — Voyez donc, monsieur l'sultan d'bran! Tiens, monsieur l' cousin du grand chien, avec sa figure de vaurien.... Ton sérail est aux Capucins, c'est pour ça que tu l'portes si bien: n' dirait-on pas qu'il y a d'*l'oignon*, à voir son grand pantalon!.... J'crois, ma foi, qu'j'avons raison, car y n'a pas l'air trop luron, avec son aune de menton, sa mâchoire de munition et son nez de cornichon.

*Une Bergère.* — L'on m'disait toujours

de venir à la ville pour apprendre de l'esprit ; mais j'aime mieux rester comme je suis, que d'apparence de l'esprit comme ça.

*La Poissarde.* — Voyez-vous, mam' zelle Carabas, c'te belle Agnès de prairie, qu'est encore plus sotte que jolie ! On n' dirait pas qu'elle y touche, la petite sainte Nitouche.... Dis donc, mam'zelle au ruban vert, est-ce que t'as vu la feuille à l'envers : l'derrière de ta jupe est encore tout vert.

*Une mère Angot.* — Ah ciel ! comme la jeunesse est pervertie ! c'est une abomination ! une exécration ! L'enfer est maintenant sur la terre, à n'en pas douter. En vérité, si l'on n'y met ordre, une femme honnête ne pourra plus sortir de chez elle sans rougir.

*La Poissarde.* — Oui da, vraiment, vieille tête de cire, échappée d'une niche de St-Cyr ! va, on s'passera bien de ta présence. Mais voyez-vous c'vieux pot sans anse, c'vilain minois d'ourang-outang, c'te carcasse de hareng, si elle n'a pas l'air d'un chat-huant ?... Et c'taut' nigaud qui porte sa queue, s'y n'a pas l'air d'un petit *fiévreux*.

*Un Nicolas.* — Je n'vous disons pas d'sottises, moi, mam'zelle, vous n'devez pas m'en dire non plus, entendez-vous, mam'zelle ! ça n'est pas bien ; ça.

*La Poissarde.* — Il est bon là, l'lapin, avec son bec de carlin; on dirait qu'y s'met en colère, monsieur l'porte derrière. V'là du beau monde, en vérité! Rangez-vous, laissez-les passer. On dirait qu'y vont dans l'Levant pour se faire peindre en paravent.

*Un don Quichotte.* — Les dieux ont exaucé mes vœux! Je te reviens enfin, trop adorable Dulcinée. Tu m'es rendue, et pour ne me quitter jamais.... non, chère et unique amie de mon cœur, jamais, jamais!

*La Poissarde.* — Ha! ha! c'grand benêt, a-t-il un air jaune, avec son cou long d'une aune, et puis sa mauvaise haquenée!.... Dis donc, vilain moule à poupée, qué'que tu veux faire de c'te pique? est-ce crainte que les mouches ne t'piquent qu'tu portes c'bouclier? A t'voir ainsi affublé, on dirait d'un chaudronnier qui porte sa ferraille au marché.

*Le don Quichotte.* — C'en est fait, je suis le plus malheureux des mortels, ma chère Dulcinée divague, elle a l'esprit aliéné!

*La Poissarde.* — Entends-tu c'grand efflanqué! A l'voir aussi haut perché, on dirait qui va voler.... Va donc, guerrier rempaillé! S'il n'a pas l'air d'un osier couvert avec du papier.... Dis donc, l'amoureux, tout doux, est-ce que vous allez chez Giroux, vous faire écorcher tout vif avec ton cousin poussif.

*Un Fort.* — Bonjour, Manette, comment qu'ça va, ma vieille? As-tu bu l'eau d'af à c'matin? T'as l'air tout drôle, est-ce que t'es malade, ma mère!

*La Poissarde.* — Ta mère est à la broche, l'diable la retourne : entends-tu, vieux camphrier, avec ta voix enrhumée, t'as l'air de nous écorner, on dirait qu'tu veux nous faire aller.

*Le Fort.* — Dis donc, Marie la chiffonnée, comme tu nous r'çois d'puis qu't'es requinquée! tant mieux pour toi, si t'es pimpante; mais n'fais donc pas tant ta fendante; ça n'te va pas, vilaine *Oursin!* N'faut pas avoir un air, au moins, sans ça j'te r'passe un moule de gants, qu'y n't'en restera pas une dent.

FIN.

MONTBÉLIARD, IMPRIMERIE DE ROD. HENRI DECKHERR.

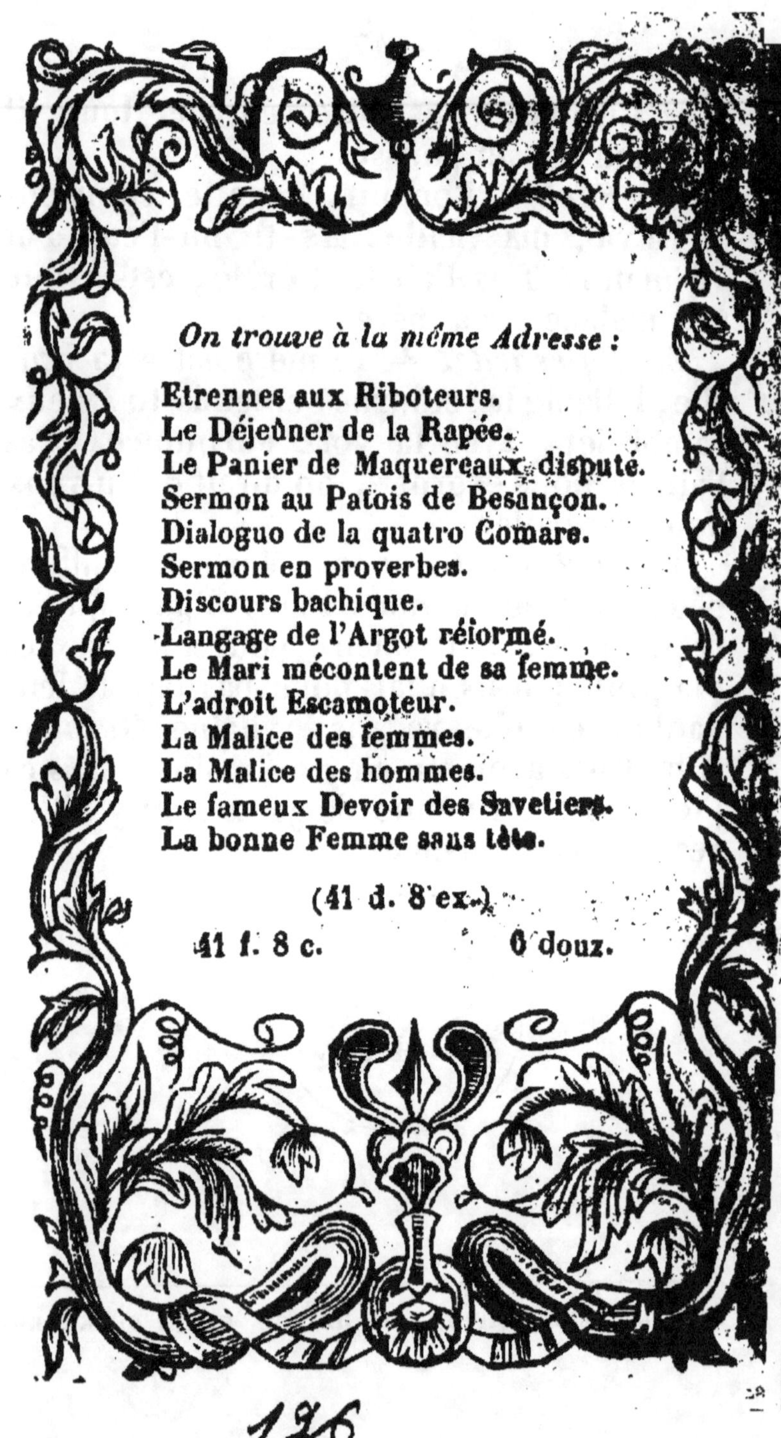

*On trouve à la même Adresse :*

Etrennes aux Riboteurs.
Le Déjeûner de la Rapée.
Le Panier de Maquereaux disputé.
Sermon au Patois de Besançon.
Dialoguo de la quatro Comare.
Sermon en proverbes.
Discours bachique.
Langage de l'Argot réformé.
Le Mari mécontent de sa femme.
L'adroit Escamoteur.
La Malice des femmes.
La Malice des hommes.
Le fameux Devoir des Saveliers.
La bonne Femme sans tête.

(41 d. 8 ex.)

41 f. 8 c. 6 douz.

www.ingramcontent.com/pod-product-compliance
Lightning Source LLC
LaVergne TN
LVHW012010160826
845678LV00002B/759

* 9 7 8 2 3 2 9 6 7 0 8 0 5 *